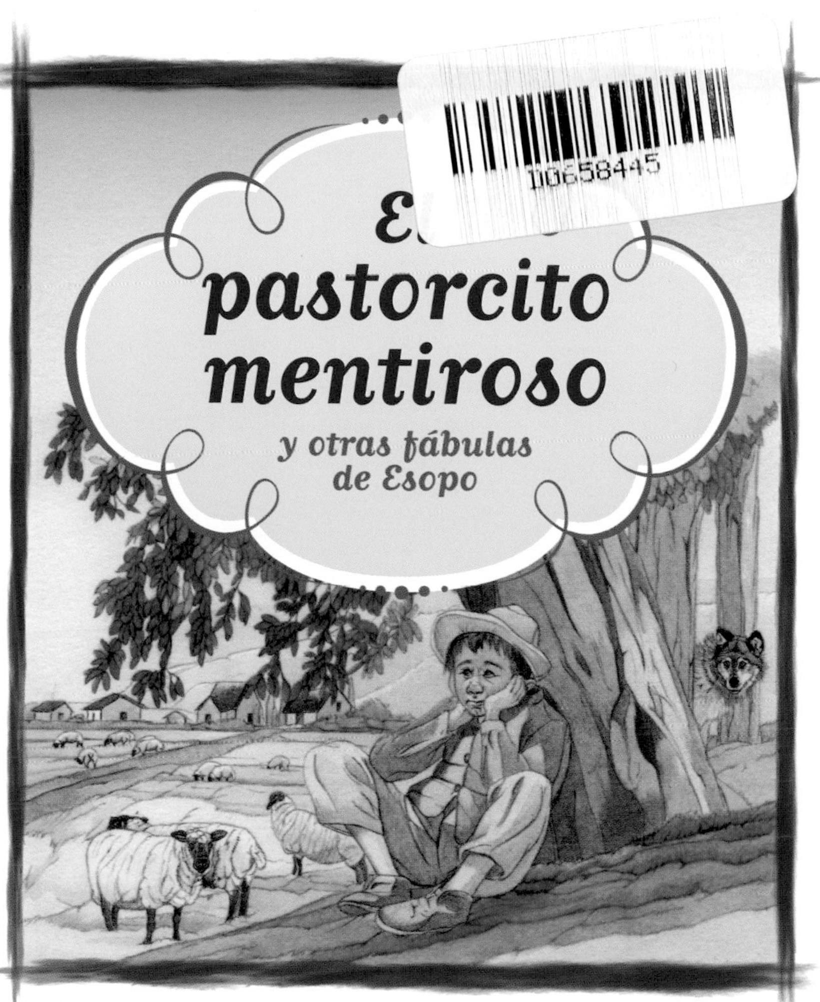

Contadas por
Leah Osei

Ilustradas por
Patrizia Donaera

Lee Aucoin, *Directora creativa*
Jamey Acosta, *Editora superior*
Heidi Fiedler, *Editora*
Producido y diseñado por
Denise Ryan & Associates
Ilustraciones © Patrizia Donaera
Traducidas por Santiago Ochoa
Rachelle Cracchiolo, *Editora comercial*

Teacher Created Materials
5301 Oceanus Drive
Huntington Beach, CA 92649-1030
www.tcmpub.com
ISBN: 978-1-4938-0061-2

Printed in China
Nordica.092018.CA21801134

Library of Congress Cataloging-in-Publication Data

Names: Osei, Leah, author. | Aesop. | Donaera, Patrizia, illustrator. |
Ochoa, Santiago, translator.
Title: El pastorcito mentiroso y otras fabulas de Esopo / Leah Osei ;
ilustraciones Patrizia Donaera ; traducidas por Santiago Ochoa.
Description: Huntington Beach : Teacher Created Materials, 2018. |
Summary: A
collection of nine Aesop's fables, illustrated and translated into
Spanish. |
Identifiers: LCCN 2018022280 (print) | LCCN 2018027997 (ebook) |
ISBN
9781642901375 (ebook) | ISBN 9781493800612 (pbk.)
Subjects: LCSH: Aesop's fables--Adaptations. | Fables. | CYAC: Fables. |
Folklore. | Spanish language materials.
Classification: LCC PZ8.2.O84 (ebook) | LCC PZ8.2.O84 Pas 2018 (print)
| DDC
398.2 [E] --dc23
LC record available at https://lccn.loc.gov/2018022280

Índice

Prólogo 5

El pastorcito mentiroso 6

El lobo y su sombra 11

Zeus y la grajilla 12

El ratón y el león 14

El saltamontes y las hormigas 18

Las gallinas gordas y las gallinas flacas. 20

El lobo y la garza 22

El cangrejo y su mamá 26

El lobo con piel de oveja 28

Epílogo 30

Prólogo

Las fábulas de Esopo figuran entre las historias más antiguas del mundo. Nadie sabe quién fue Esopo, aunque se cree que era un esclavo que vivía en la antigua Grecia. Las historias narradas por él fueron escritas casi doscientos años después. Primero se escribieron en griego y en latín, y después en español.

El pastorcito mentiroso

Había una vez un niño que todos los días cuidaba un rebaño de ovejas mientras pastaban cerca de una aldea. Un día lluvioso, el niño estaba aburrido y decidió hacerles una broma a los aldeanos.

—¡Un lobo! ¡Un lobo! —gritó tan fuerte como pudo—. ¡Un lobo está atacando a las ovejas!

Los aldeanos se apresuraron a ir adonde pastaban las ovejas. Corrieron veloces como el viento para ahuyentar al lobo.

Cuando llegaron al campo y notaron que las ovejas estaban a salvo, el niño se rio mucho. Esto no les pareció gracioso a los aldeanos.

Al día siguiente, el niño gritó tan fuerte como pudo:

—¡Un lobo! ¡Un lobo! ¡Un lobo está atacando a las ovejas!

Los aldeanos corrieron veloces como el viento. De nuevo, vieron que las ovejas comían sin peligro el pasto verde y exuberante. El niño se rio más que nunca, pero esto les pareció aún menos gracioso a los aldeanos.

Al tercer día, realmente llegó un lobo.

—¡El lobo! ¡El lobo! —gritó el niño mientras las ovejas corrían tratando de escapar del lobo.

—¡Vengan rápido, por favor! —gritó el niño. Pero ningún aldeano le hizo caso. Ninguno corrió al campo, pues todos pensaron que el niño bromeaba con ellos al igual que antes.

Si dices mentiras, nadie te creerá cuando digas la verdad.

El lobo y su sombra

Una tarde de invierno, el lobo notó su sombra, que se veía enorme bajo la luz del sol poniente.

—¡Vaya, es mi sombra! —dijo el lobo—. ¡Qué grande soy! Ni siquiera el león es tan grande. El león dice ser el rey de los animales, pero desde hoy, yo seré el rey.

Entonces, el lobo se pavoneó, planeando lo que haría como rey, sin notar nada a sus alrededores.

¡De repente, el león se abalanzó sobre él y se lo tragó entero! El león se relamió y dijo:

—¡Qué lobo tan bobo! ¡Todo el mundo sabe que el tamaño de su sombra cambia según la hora del día!

Nunca te dejes llevar por tu imaginación.

Zeus y la grajilla

El dios griego Zeus decidió nombrar a la reina de las aves. Pidió a todas las aves que acudieran ante él, para decidir cuál era la más hermosa.

La grajilla se miró en el lago y vio lo fea que era. Pero ella quería ser la reina de las aves. Entonces buscó por ahí y encontró plumas que se les habían caído a otras aves. Se engalanó con ellas y se presentó ante Zeus. Ningún ave era más colorida que ella.

Zeus declaró que era la más hermosa y la nombró reina de las aves. Pero las otras aves no se dejaron engañar: reconocieron sus plumas y las reclamaron una por una.

En poco tiempo, la grajilla quedó tal como era. Ya no era la reina de las aves, sino una simple grajilla.

No finjas ser lo que no eres.

El ratón y el león

Un día, mientras un león dormía tendido en el suelo, un ratón intrépido comenzó a corretear por su hocico. El león no tardó en despertarse. Estiró su enorme garra, atrapó al ratón y se preparó para devorarlo.

—Ah, le ruego que me disculpe —dijo el ratón—. Por favor perdóneme y tal vez un día pueda ayudarlo.

Al león le divirtió tanto la idea de que esta pequeña criatura pudiera ayudarlo, que se rio y dejó ir al ratón.

Pocos días después, unos cazadores atraparon al león y lo ataron a un árbol. Luego, fueron por su carreta para llevárselo.

El león rugió y el pequeño ratón al que le había perdonado la vida lo oyó. El ratón vio el aprieto en el que aquel se encontraba y llamó a sus amigos. Entre todos, royeron las ataduras y liberaron al león.

Incluso los débiles y pequeños pueden ayudar a los grandes y poderosos.

El saltamontes y las hormigas

Un día fresco de invierno, cuando el sol salió inesperadamente, todas las hormigas salieron de su hormiguero y extendieron sus granos para secarlos. Habían trabajado todo el verano para recogerlos.

Un saltamontes apareció. Vio lo que hacían las hormigas y dijo:

—Tengo mucha hambre. ¿Podrían darme algunos granos?

Una hormiga interrumpió su trabajo y respondió:

—¿Por qué deberíamos darte nuestros granos? ¿Dónde está tu alimento para el invierno?

—No tengo nada —dijo el saltamontes—. No pude trabajar ni recoger alimentos durante el verano. Estuve demasiado ocupado cantando.

Las hormigas se rieron.

—Si pasas el verano cantando, tendrás que pasar el invierno bailando para conseguir alimentos —dijeron.

Y, hambriento, el saltamontes siguió su camino.

Ser perezoso puede parecer divertido, pero el trabajo duro ofrece recompensas.

Las gallinas gordas y las gallinas flacas

Una vez, muchas gallinas vivían en un corral. Algunas eran gordas, pero otras eran flacas y escuálidas.

Las gallinas gordas se reían de las flacas y les decían nombres desagradables, como "Rita la Huesita", "Federica la Tilica", "Marucha la Larguirucha" y "la Flaca Matraca".

Un día, a la cocinera le pidieron que asara pollos porque un gran número de personas vendría a cenar. Cuando la cocinera fue al corral, las gallinas levantaron la vista para ver cuáles escogía.

La cocinera escogió a todas las gallinas gordas. ¡Y entonces las flacas se rieron!

No te rías de los desafortunados: podrían tener más suerte que tú.

El lobo y la garza

Un día, a un lobo se le atoró un hueso en la garganta. Le dolía tanto que buscó quién se lo sacara. Al rato, se encontró con una garza.

Esta tenía el cuello largo y un pico largo y puntiagudo. El lobo sabía que esto era perfecto para sacar el hueso. El lobo le preguntó amablemente a la garza si ella podía ayudarlo.

La garza pensó un momento.

—¿Qué me darás si meto mi cabeza en tu boca?

—Te daré una gran recompensa —gruñó el lobo.

Entonces, la garza metió la cabeza en la boca del lobo y sacó suavemente el hueso de su garganta. El lobo, sintiéndose mucho mejor, agradeció a la garza y siguió su camino.

—¡Oye! —gritó la garza—. ¿Dónde está mi recompensa?

—Ah, ya la recibiste —respondió el lobo—. Desde hoy, podrás presumir que metiste tu cabeza en la boca de un lobo y viviste para contar la historia.

No esperes una recompensa luego de ayudar a los malvados.

El cangrejo y su mamá

—¿Por qué estás caminando de lado? —preguntó una mamá cangrejo a su bebé—. Deberías caminar de frente.

—Solo te estoy imitando —dijo el pequeño cangrejo—. Caminaré de frente si me enseñas a hacerlo.

Pero la mamá cangrejo solamente sabía caminar de lado, y los dos cangrejos siguieron como antes.

No digas a los demás cómo actuar si no puedes dar el ejemplo.

El lobo con piel de oveja

Había una vez un lobo que siempre trataba de robarse alguna oveja, pero el pastor las cuidaba muy bien y ahuyentaba al lobo cada vez que este aparecía.

Un día, el lobo tuvo una idea. Robó un vellón que le habían esquilado a una oveja y se lo puso en el lomo. Entonces, el lobo paseó por el campo como si regresara a su casa.

Nadie reconoció quién era. El lobo se abalanzó contra la oveja más gorda que vio, abriendo sus mandíbulas para agarrarla de la garganta. De pronto, oyó una voz detrás de él.

—Vamos a ver. ¿Cuál de estas ovejas es lo suficientemente gorda para comérmela? —dijo el pastor. Y el pastor agarró al lobo y se lo llevó para comérselo en la cena.

Las apariencias suelen engañar.

Epílogo

Las fábulas de Esopo se han contado muchas veces y de muchos modos diferentes. En todas las épocas y lugares, estas historias son recordadas por las verdades que expresan sobre nuestro mundo.

Leah Osei vive en Victoria, Australia. Leah aún conserva su primer libro de fábulas de Esopo, que ya está muy gastado y raído. Así que para cuidarlo, tiene al menos otras cuatro colecciones de fábulas de Esopo en su enorme biblioteca de libros ilustrados para niños. Cuando le preguntan cuál es su historia favorita de Esopo, ella siempre responde: "El pastorcito mentiroso".

Patrizia Donaera vive en Savona, Italia. Empezó a trabajar con editoriales francesas y británicas poco después de obtener un título en ilustración en el Istituto Europeo di Design, en Milán. Patrizia acostumbra trabajar con acuarelas y lápices de colores, aunque también hace ilustraciones digitales.